UNICÓRNIOS

CIRCULE A SOMBRA CORRETA.

RESPOSTA: C.

AJUDE O UNICÓRNIO A CHEGAR ATÉ O BALÃO.

RESPOSTA NA PÁGINA 29.

HORA DE COLORIR!

ENCONTRE AS PALAVRAS A SEGUIR NO CAÇA-PALAVRAS.

ALGODÃO • LAGOA • LIVRO • LUA
MAGIA • PÁGINA • REMO • UNICÓRNIO

R	A	L	Ã	U	I	D	Ó	O	R
O	R	I	M	Ã	N	N	C	O	Á
P	E	V	A	G	I	U	L	E	Á
Á	M	R	G	L	U	A	D	O	I
G	O	O	I	P	A	D	A	Á	Á
I	G	G	A	R	Ã	I	P	U	L
N	U	N	I	C	Ó	R	N	I	O
A	C	U	C	U	Ó	I	Á	O	Ó
M	V	A	L	G	O	D	Ã	O	G
M	I	M	L	A	G	O	A	Ó	R

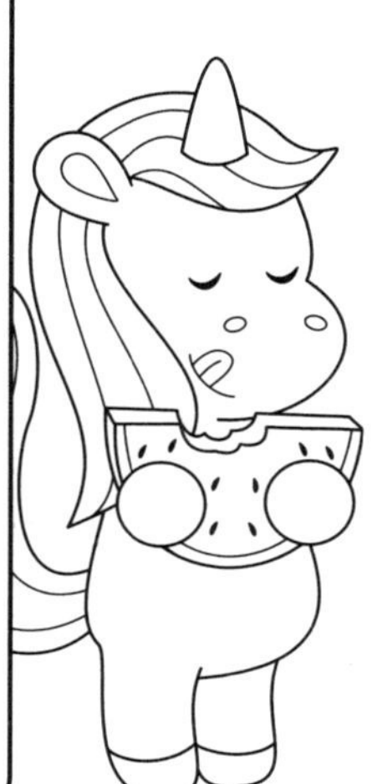

RESPOSTA NA PÁGINA 29.

LIGUE OS PONTOS PARA COMPLETAR O UNICÓRNIO.

CIRCULE O DETALHE QUE NÃO FAZ PARTE DO DESENHO.

A

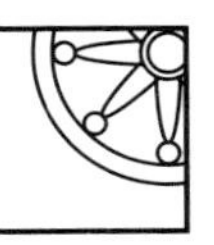

B

C

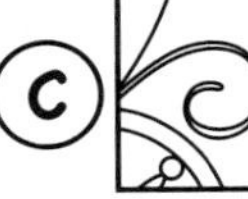

D

E

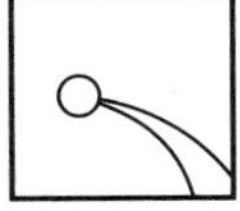

F

COMPLETE A PALAVRA.

C_RR_AG_M

HORA DE COLORIR!

AJUDE O UNICÓRNIO A CHEGAR ATÉ O ARCO-ÍRIS, PASSANDO PELO LABIRINTO.

RESPOSTA NA PÁGINA 29.

CIRCULE A PEÇA QUE ESTÁ FALTANDO NA IMAGEM.

A

B

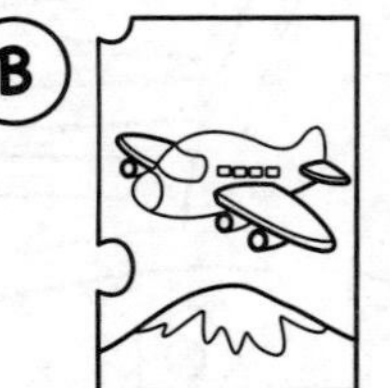

C

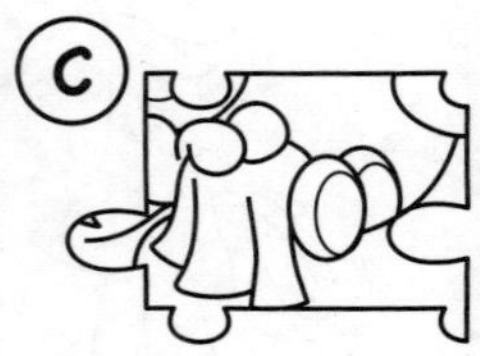

RESPOSTA: C.

COMPLETE A CRUZADINHA COM AS PALAVRAS DO QUADRO.

HORIZONTAL	VERTICAL
3. ARQUEIRO	1. CRUZADA
4. ESPADA	2. CAÇADOR
5. CAVALO	6. ASA

RESPOSTA NA PÁGINA 29.

ENCONTRE CINCO DIFERENÇAS ENTRE AS IMAGENS.

RESPOSTA NA PÁGINA 30.

HORA DE COLORIR!

LIGUE OS PONTOS PARA COMPLETAR O UNICÓRNIO.

12 13 11 14 15 9 10 16 8 17 7 18 19 20 22 21 6 24 23 25 26 3 2 5 27 1 30 28 4 29

AJUDE O UNICÓRNIO A CHEGAR ATÉ O DELICIOSO DOCE.

RESPOSTA NA PÁGINA 30.

HORA DE COLORIR!

CIRCULE A SOMBRA CORRETA.

RESPOSTA: D.

CIRCULE A PEÇA QUE ESTÁ FALTANDO NA IMAGEM.

A

B

C

RESPOSTA: B.

LIGUE CADA FIGURA AO NOME CORRETO.

 •	• PIRULITO
 •	• ROSA
 •	• ROSQUINHA
 •	• CONCHA
 •	• MORANGO
 •	• UNICÓRNIO

RESPOSTA NA PÁGINA 30.

HORA DE COLORIR!

ENCONTRE AS PALAVRAS DA LATERAL NO CAÇA-PALAVRAS.

AMOR
BELEZA
BONDADE
ENCANTADO
FANTÁSTICO
HISTÓRIA
MITOLOGIA
POESIA

M	R	F	C	S	E	F	N	I	B
I	B	A	Á	O	N	G	N	T	O
T	S	N	I	D	C	L	P	H	N
O	Ó	T	F	S	A	B	O	I	D
L	N	Á	Z	C	N	E	N	S	A
O	B	S	A	Á	T	L	Ó	T	D
G	Ó	T	M	R	A	E	I	Ó	E
I	G	I	O	G	D	Z	P	R	C
A	C	C	R	F	O	A	D	I	B
T	P	O	E	S	I	A	Z	A	E

RESPOSTA NA PÁGINA 30.

HORA DE COLORIR!

CIRCULE A SOMBRA CORRETA.

A

B

C

D

E

RESPOSTA: E.

CIRCULE O UNICÓRNIO QUE NÃO SE REPETE.

RESPOSTA: D.

HORA DE COLORIR!

HORA DE COLORIR!

PINTE E CONTORNE AS LETRAS PONTILHADAS.

BANHO

CONTORNE O TRACEJADO
E PINTE O UNICÓRNIO.

RESPOSTAS

3

5

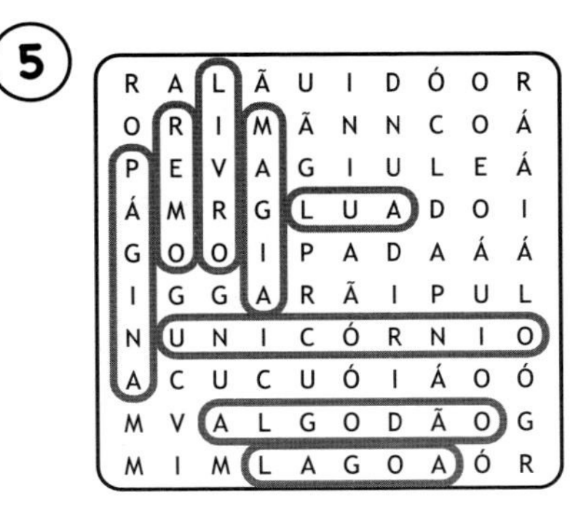

9

11

1 CRUZADA
2 CAÇADOR
3 ARQUEIRO
4 ESPADA
5 CAVALO
6 CASA

RESPOSTAS

19

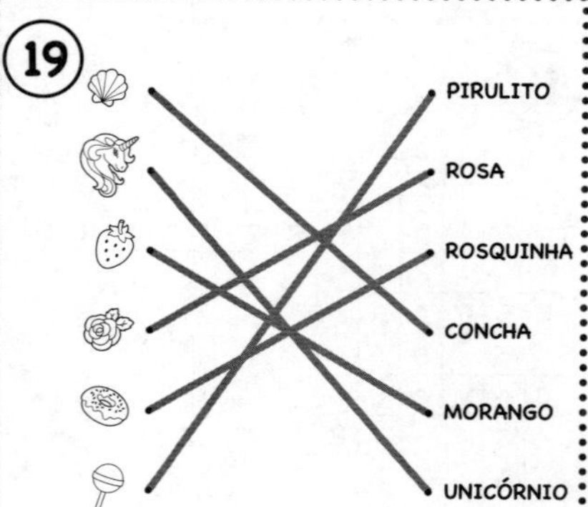

21

M	R	F	C	S	E	F	N	I	B
I	B	A	Á	O	N	G	N	T	O
T	S	N	I	D	C	L	P	H	N
O	Ó	T	F	S	A	B	O	I	D
L	N	Á	Z	C	N	E	N	S	A
O	B	S	A	Á	T	L	Ó	T	D
G	Ó	T	M	R	A	E	I	Ó	E
I	G	I	O	G	D	Z	P	R	C
A	C	C	R	F	O	A	D	I	B
T	P	O	E	S	I	A	Z	A	E